MISSION : ADOPTION

LUCIE

MISSION : ADOPTION

Fais connaissance avec les chiots
de la collection *Mission : Adoption*

MISSION : ADOPTION

LUCIE

ELLEN MILES

Texte français d'Isabelle Montagnier

Éditions **SCHOLASTIC**

Catalogage avant publication de Bibliothèque et Archives Canada

Miles, Ellen
Lucie / Ellen Miles ; texte français d'Isabelle Montagnier.

(Mission, adoption)
Traduction de: Lucy.
ISBN 978-1-4431-2637-3

I. Montagnier, Isabelle II. Titre.
III. Collection: Miles, Ellen. Mission, adoption.

PZ26.3.M545Luc 2013   j813'.6   C2013-900333-9

Illustration de la couverture : Tim O'Brien
Conception graphique de la couverture originale : Steve Scott

Édition publiée par les Éditions Scholastic,
604, rue King Ouest, Toronto (Ontario) M5V 1E1.

5 4 3 2 1   Imprimé au Canada 121   13 14 15 16 17

PROTÉGEONS
NOS FORÊTS

Préservons notre environnement

Scholastic Canada Ltd a choisi d'imprimer les pages de ce livre sur du papier recyclé et a
réduit sa consommation de ressources[1] et sa pollution[1] dans les mesures suivantes :

	énergie	eau	gaz à effet de serre	déchets solides
	18 millions de BTU	72 559 litres	1 603 kg	582 kg

4 arbres de nos forêts ont été sauvés.

Imprimé par **Webcom Inc.** sur du papier
Legacy Hi-Bulk White 100% à contenu postconsommation de 100 %.

FSC
www.fsc.org
MIXTE
Papier issu
de sources
responsables
FSC® C004071

96 %

[1]L'estimation des effets sur l'environnement a été faite au moyen du calculateur «Environmental Defense Paper Calculator».

À Holly, finalement!

CHAPITRE UN

La journée de Charles Fortin se passait mal. Vraiment mal.

Tout avait commencé en début de matinée; d'abord il n'avait pas réussi à trouver son cahier de mathématiques. Pourquoi avoir perdu autant de temps à faire les problèmes 17A à 22C, s'il n'allait pas pouvoir remettre son devoir à son enseignant, M. Lazure?

— Où est-il? Où peut donc être ce cahier? marmonna-t-il en jetant des objets à la volée dans sa chambre.

Il avait déjà trouvé plein de choses : deux souliers dépareillés, un chandail de hockey, son haut de

pyjama préféré, un jouet de Biscuit tout mâchouillé.
Mais pas son manuel.

— Allez Biscuit, aide-moi, dit-il en ébouriffant la fourrure brune et soyeuse de la tête du chiot.

Comme toujours, caresser Biscuit réconforta Charles. Il pouvait compter là-dessus, même quand tout allait mal comme aujourd'hui. Il s'assit et attira le chiot sur ses genoux pour lui faire un vrai câlin.

— Tu es formidable, murmura-t-il à l'oreille de Biscuit tout en caressant la tache blanche en forme de cœur sur son poitrail.

Charles s'estimait très chanceux d'avoir son propre chiot. Bien sûr, Biscuit appartenait à toute la famille Fortin : Rosalie, la grande sœur de Charles, le Haricot, son petit frère, et son père et sa mère. Mais secrètement, Charles était persuadé que Biscuit l'aimait plus que tous les autres.

Biscuit dormait habituellement dans la chambre de Charles. Il restait assis sous sa chaise durant le souper, même si c'était sans aucun doute parce que Charles avait l'habitude de faire tomber accidentellement (enfin exprès) des bouchées pour lui. Et quand tout le monde était assis au salon, Biscuit apportait toujours son jouet préféré, M. Canard, à Charles en premier.

Charles avait connu de nombreux chiots dans sa vie, mais Biscuit était son préféré. En effet, sa famille hébergeait des chiots, c'est-à-dire qu'elle s'en occupait jusqu'à ce qu'elle leur trouve un nouveau foyer. Biscuit avait été l'un de ces chiots, mais quand le moment était venu de lui trouver une famille, les Fortin avaient décidé que sa place était chez eux.

Mme Fortin surgit dans l'encadrement de la porte.

— Hé fiston, dépêche-toi un peu. Tu vas être en retard pour l'école!

— Je cherche mon cahier de maths, lui dit Charles. Je ne le trouve pas.

— Hum, c'est vraiment ce que tu faisais? s'étonna Mme Fortin. Je vois plutôt un garçon en train de caresser Biscuit.

Mais elle lui sourit et se baissa pour trier les objets épars sur le plancher de la chambre.

— Ce ne serait pas ça, par hasard? demanda-t-elle en lui montrant un cahier bleu.

Charles écarquilla les yeux. Comment avait-il pu ne pas le voir? Il approuva.

— Oui, c'est bien ça.

Mme Fortin secoua la tête.

— Tu as tellement la tête dans les nuages dernièrement, dit-elle. Tu ne trouves jamais tes choses.

Elle lui tendit le livre.

— Le déjeuner est prêt. Dépêche-toi!

Le deuxième incident se produisit à l'école. Tous les vendredis après-midi, M. Lazure inscrivait une liste de mots au tableau. Les élèves devaient les recopier et les apprendre. Le lundi, quand ils entraient en classe, les mots avaient été effacés et M. Lazure leur donnait un test d'orthographe. Ce lundi-là ne fit pas exception. Après les annonces du matin, M. Lazure déclara que le moment du test d'orthographe hebdomadaire était venu.

— Avez-vous tous bien appris les mots de la semaine dernière? demanda-t-il. Bon, alors prenez une feuille blanche et faites une liste numérotée de 1 à 10. Puis écrivez à côté les mots que je vais vous lire.

Charles était assez bon en orthographe. Pendant que les autres élèves regardaient dans le vide ou tapaient leur stylo contre leurs dents, il écrivit rapidement les dix mots. Comme d'habitude, il était l'un des premiers à finir, après Anita Blin qui était toujours la plus rapide de la classe. Il rendit le test à son enseignant et sortit le livre qu'il était en train de lire. La classe avait toujours du temps libre pendant que M. Lazure corrigeait les tests à son bureau.

Charles venait de commencer la lecture d'un livre passionnant (au sujet d'un garçon qui vivait seul dans la nature et qui était l'ami de tous les animaux) quand M. Lazure lui tapota l'épaule.

— Charles, constata-t-il, tu vas devoir refaire ce test.

M. Lazure lui tendit la feuille de papier et Charles fut choqué de voir qu'elle était couverte d'annotations rouges.

— Tu as fait des fautes dans sept mots, dit M. Lazure. As-tu du mal à m'entendre aujourd'hui?

Charles secoua la tête tristement.

— Ne t'inquiète pas, poursuivit M. Lazure. Tu pourras refaire ce test plus tard dans la semaine. Je sais que tu es habituellement l'un de mes meilleurs élèves en orthographe.

Il posa le test et retourna s'asseoir à son bureau.

Charles regarda fixement la feuille de papier. Il ne pouvait pas en croire ses yeux. Comment avait-il pu faire autant de fautes?

— Oh! Chou-fleur a raté son test, murmura Sammy depuis le bureau voisin.

Sammy était le meilleur ami de Charles. Il habitait à côté de chez lui. Ils se surnommaient Salami et Chou-fleur.

6

— La ferme! dit Charles d'un ton brusque.

Il savait qu'il n'était pas gentil avec son ami, mais il n'était pas d'humeur à se faire taquiner.

Sammy se pencha pour regarder le test de Charles.

— Fruut au lieu de fruit? demanda-t-il. On dirait du martien. Es-tu devenu martien pendant la fin de semaine?

Il forma des antennes avec ses doigts.

— *La Terre appelle Mars. Je voudrais parler à votre chef. Bip Bip!* fit-il d'une voix aiguë. *Je viens de la planète Véba et nous avons besoin de Fruut. Beaucoup de Frutt. Donnez-nous des Frutt!*

Sammy gloussa, mais Charles n'apprécia pas le comique de la situation. Il saisit la feuille de papier et la fourra dans son bureau pour ne plus voir ces marques rouges.

La troisième mésaventure survint durant la récréation. La classe de Charles jouait au kickball contre les élèves de troisième année. Charles était le lanceur et son ami David le receveur. Ce jour-là, pour la première fois, leur équipe menait bien que leurs adversaires soient plus grands et plus forts qu'eux.

Charles se rendit sur le monticule du lanceur, face à Daniel Simard, l'élève le plus grand et le plus rapide de troisième année. Deux joueurs avaient déjà été retirés et les deuxième et troisième buts étaient occupés par des coureurs. Si son équipe pouvait empêcher les adversaires de marquer un autre point avant la fin de la récréation, dans cinq minutes, la partie prendrait fin et elle rentrerait dans l'histoire.

Il plissa les yeux pour observer David du coin de l'œil. Au début du printemps, les deux garçons avaient établi un système de signaux. David était un excellent receveur parce qu'il connaissait tous les points faibles des frappeurs. Il savait s'il fallait leur faire un lancer à l'extérieur ou faire rouler doucement le ballon ou le faire rebondir.

David lui adressa un signal.

Charles plissa de nouveau les yeux et fit rebondir le ballon à l'extérieur. Daniel Simard fit trois foulées jusqu'au marbre et donna un grand coup de pied dans le ballon qui décrivit un arc dans les airs. Il continua de courir en direction du premier but. Le ballon donna l'impression de vouloir aller au-delà du terrain de jeu, mais il finit par retomber très loin des voltigeurs de deuxième année.

Daniel fit le tour des buts en levant le poing et en criant. Les deux autres coureurs franchirent le marbre avant que Sammy, qui occupait le poste de voltigeur gauche, ait eu la chance d'attraper le ballon.

La cloche sonna. La partie était finie. Les élèves de deuxième année avaient encore perdu.

Traînant les pieds, Charles se rendit jusqu'à la porte où les autres élèves se mettaient en rang. Il se sentait très gêné. Puis David lui dit quelque chose qui le mit encore plus mal à l'aise :

— Tu n'as pas compris mon signal? Simard adore les rebonds. Je t'ai demandé de faire rouler le ballon à l'intérieur.

Charles abandonna tout espoir que sa journée finisse mieux qu'elle avait commencé. C'était une mauvaise journée, un point, c'est tout. Il n'avait qu'à survivre pendant les quelques heures d'école qui restaient, rentrer chez lui, souper et aller se coucher. Le jour suivant ne pouvait pas être pire.

Quand la dernière cloche sonna, il lambina pour aller à son casier afin de rentrer seul à la maison. Il ne voulait pas entendre Sammy lui parler du test d'orthographe, de la partie de kickball ratée ou d'autre chose. Une fois tout le monde parti, il sortit furtivement de l'école et rentra lentement à la maison en donnant des coups de pied à une petite roche tout le long du chemin.

— Alors fiston, où étais-tu? demanda M. Fortin quand Charles ouvrit la porte. J'attendais ton retour.

Charles haussa les épaules. Il n'avait pas envie de fournir des explications. Mais ce que son père lui annonça transforma soudainement son horrible journée en une super bonne.

10

— Nous devons accueillir un nouveau chiot et j'allais justement aller le chercher. Veux-tu m'accompagner?

CHAPITRE DEUX

— Nous allons prendre tante Amanda au passage, expliqua M. Fortin à Charles tout en reculant la camionnette rouge dans l'allée. C'est elle qui m'a parlé du chiot et elle insiste pour venir avec nous.

— De quelle sorte de chiot s'agit-il? D'où vient-il? Est-ce un chien ou une chienne? demanda Charles en sautillant sur son siège.

Sa mauvaise journée n'était plus qu'un souvenir maintenant qu'ils allaient accueillir un nouveau chiot!

Son père sourit.

— Je n'en sais pas plus, dit-il. La seule chose dont je suis sûr, c'est d'où vient le chiot. Te souviens-tu de la grande inondation qui a eu lieu la semaine dernière? De nombreux animaux ont été séparés de leurs maîtres quand les maisons ont été emportées par les eaux. Les refuges ont fait leur possible pour retrouver les familles des chiens perdus, mais il reste tout de même quelques animaux sans foyer.

— Comment ce chiot est-il arrivé jusqu'ici? demanda Charles.

— Tante Amanda a une amie de longue date qui s'appelle Béa. Elle a un centre, à la fois foyer d'accueil et refuge, qui héberge toutes les races de chiens, répondit M. Fortin. Elle essaie de leur trouver un foyer, tout comme nous le faisons avec les chiots. Je suppose que Béa est débordée en ce moment et qu'elle ne peut pas prendre un chien de plus, surtout un chiot. Quand tante Amanda lui a raconté que nous accueillions des chiots, elle a voulu nous rencontrer tout de suite.

Charles resta silencieux pendant un instant. Il imaginait quelle sorte de chiot ils allaient voir. Ce serait peut-être un loulou nain à la fourrure épaisse. Il avait toujours voulu en héberger un. Ou un chien plus grand. Charles avait adoré Maggie, l'énorme chiot saint-bernard que sa famille avait accueilli.

— Ça va, mon gars? lança M. Fortin alors que la voiture était arrêtée à un feu de circulation. Tu n'avais pas l'air dans ton assiette quand tu es arrivé à la maison. Qu' y a-t-il?

Charles haussa les épaules.

— J'ai juste eu une mauvaise journée, c'est tout. J'ai fait perdre mon équipe au kickball, Sammy m'a taquiné à propos de quelque chose. Des trucs comme ça.

Il joua avec la boucle de sa ceinture de sécurité.

Son père hocha la tête.

— On ne peut pas gagner à tous les coups, je suppose. Ce Sammy est un vrai plaisantin. Je suis sûr qu'il ne voulait pas te faire de la peine.

Charles regarda par la vitre. Il ne voulait plus en parler. Il voulait juste oublier sa mauvaise journée.

M. Fortin arrêta la camionnette devant la maison de tante Amanda et elle monta à bord. Elle était très excitée.

— J'ai tellement hâte de revoir Béa! Je ne lui ai pas parlé depuis des mois, dit-elle. C'est terrible de perdre une vieille amie de vue.

— Béa et toi, vous vous connaissez depuis très longtemps, ça, c'est bien vrai, convint M. Fortin. Je me souviens que vous m'aviez pourchassé dans la cour parce que vous vouliez m'habiller comme une poupée.

Tante Amanda et M. Fortin se mirent à glousser de rire.

Charles aimait bien entendre son père et tante Amanda évoquer le passé. C'était amusant d'imaginer son père comme un petit garçon. Il écouta les deux adultes raconter des histoires et plaisanter. Le temps passa vite, même si le trajet prit plus d'une heure en réalité.

— On est arrivés, dit tante Amanda au moment où M. Fortin tourna sur un long chemin de terre.

Charles vit une vieille maison avec des lucarnes et une grande grange rouge.

Dès que la camionnette s'arrêta, tante Amanda en descendit et annonça :

— Le chenil est dans la grange. Je parie que Béa y est.

Elle se dirigea vers la grange juste au moment où une grande femme vêtue d'un pantalon et d'une veste en jean en sortait.

— Panda! s'écria la femme.

— Béa! hurla tante Amanda.

Elles se jetèrent dans les bras l'une de l'autre et rirent aux éclats tout en se serrant très fort.

— Panda? demanda Charles à son père.

Celui-ci haussa les épaules et sourit. Il descendit de la camionnette et serra Béa dans ses bras.

Charles se demanda alors si Sammy et lui resteraient amis aussi longtemps. Il sentit son estomac se nouer en se souvenant qu'il avait été fâché presque toute la journée contre Sammy. Son père avait peut-être raison. Sammy n'avait sans doute pas voulu être méchant. Il aimait seulement blaguer et c'était un trait de caractère que Charles aimait d'ordinaire beaucoup chez son ami.

— Alors, où est ce chiot? Pourquoi fallait-il absolument que je vienne le voir? demanda tante Amanda après avoir présenté Charles à son amie d'enfance.

— Ha! Tu verras bien, dit Béa. Suivez-moi.

Elle les conduisit dans la grange et leur expliqua :

— Comme vous le voyez, nous affichons complet en ce moment.

Elle agita la main en direction des cages alignées des deux côtés de la grange. Charles vit des chiens de toutes les tailles et de toutes les races. Il les entendit aussi. La grange résonnait de leurs aboiements frénétiques. Béa parlait doucement à chaque chien au passage.

Tous les chiens aboyaient, sauf un : le dernier de la rangée. Ce chien n'était pas silencieux pour autant : il hurlait à la lune. Le petit chiot blanc et brun était assis sur ses courtes pattes. Son long museau était dressé vers le ciel et ses longues oreilles retombaient sur son dos.

— Aouuuuuu! hurlait-il.

Charles n'avait jamais rien entendu d'aussi triste, si bien qu'il en avait la chair de poule.

— Voilà Lucie, dit Béa. C'est le chiot dont je vous ai parlé.

— Mais, c'est extraordinaire! s'exclama tante Amanda.

Elle regarda le chiot et ajouta :

— C'est le sosie de Poivron!

— Je sais! s'exclama Béa triomphalement. C'est pour ça qu'il fallait que tu la rencontres.

— Qui est Poivron? demanda Charles.

— C'était mon chien quand j'étais petite, expliqua Béa. Il était croisé basset, teckel et chien de meute, tout comme cette petite chienne sans doute.

— Oh! il avait une forte personnalité, ajouta tante Amanda en riant. Te souviens-tu comment il hurlait quand tu partais à l'école?

Béa rit aussi.

— Bien sûr! Et qui pourrait oublier l'incident de la botte de cowboy?

— Ha! ha! dit tante Amanda. C'est ce jour-là qu'on a commencé à l'appeler Capitaine Crochet. Tu t'en souviens Paul? Tu te souviens de Crochet?

La petite chienne s'était arrêtée de hurler. Elle penchait la tête de droite à gauche en regardant tante Amanda et Béa comme si elle écoutait leur conversation.

M. Fortin hocha la tête et sourit, mais Charles le vit jeter un coup d'œil à sa montre.

— Oh, je suis désolée, dit rapidement Béa. Nous vous faisons perdre du temps avec nos vieilles histoires.

— Je dois aller chercher le Haricot, le benjamin de la famille, à la maternelle, expliqua M. Fortin. Pourrais-tu nous en dire un peu plus sur elle avant que nous la prenions avec nous?

— J'aimerais pouvoir vous en dire plus, répondit Béa, mais elle est arrivée hier et je n'ai pas eu la chance de faire sa connaissance. Tout ce que je sais, c'est qu'elle est adorable et qu'elle ne posera sûrement pas de problèmes. Pauvre petite. Je suis sûre que les gens du refuge ont fait leur possible pour retrouver sa famille. Elle doit beaucoup lui manquer. Je parie qu'elle sera moins triste une fois arrivée dans une bonne famille comme la vôtre.

Elle ouvrit la porte de la cage et attacha une laisse au collier de la petite chienne. Puis elle tendit la laisse à Charles.

— Amuse-toi bien avec elle. D'après ce que m'a dit ta tante, je suis sûr que tu lui trouveras le foyer parfait.

Charles s'agenouilla pour caresser la fourrure douce et chaude de Lucie. Elle le regarda avec ses grands yeux bruns, puis elle releva son long museau et hurla.

Je me sens si seule. J'ai perdu ma maison et ma famille. J'ai tout perdu!

Le son lugubre donna envie à Charles de hurler lui aussi. Pauvre Lucie. Il caressa l'une de ses longues oreilles soyeuses, puis la souleva et murmura :

— Je vais bien m'occuper de toi, je te le promets. Tu es en sécurité avec moi.

Lucie se blottit contre ses genoux et poussa un long soupir. Charles la serra contre lui et sentit son souffle chaud sur son visage.

— Je vais bien m'occuper de toi, répéta-t-il.

CHAPITRE TROIS

— Vous avez fait *quoi?* demanda Mme Fortin, debout dans la cuisine, les bras croisés.

Charles et son père échangèrent un regard.

— Euh… nous avons dit que nous allions accueillir ce chiot, répond M. Fortin, d'un ton peu assuré.

— Elle s'appelle Lucie, ajouta Charles. Elle est vraiment mignonne.

Sa mère haussa un sourcil en baissant les yeux sur Lucie.

— C'est vrai qu'elle est adorable. Quelles oreilles! Mais nous avons conclu une entente dans cette famille…

— 'iot! dit le Haricot en accourant à la cuisine.

Il fit un gros câlin à Lucie. Il était tombé amoureux du chiot aux grands yeux bruns dès qu'il l'avait vu, quand son père et Charles étaient allés le chercher à la maternelle. Lucie lui rendait bien cet amour. Elle agitait la queue tout en léchant ses joues rebondies.

Tu me rappelles un garçon dans mon ancienne famille, celui que j'ai perdu quand l'eau a monté.

— Elle semble vraiment douce, dit Rosalie. L'amie de tante Amanda a affirmé qu'elle ne poserait aucun problème, n'est-ce pas?

Rosalie était arrivée à la maison juste avant sa mère. Elle venait de promener des chiens et avait déjà entendu toute l'histoire.

M. Fortin lui adressa un sourire reconnaissant et hocha la tête.

— Je suis désolé, Martine, dit-il en se retournant vers sa femme. Je suppose que je me suis laissé attendrir. Amanda était si contente de voir son amie. Toutes les deux semblaient convaincues que ce chiot était parfait pour notre famille d'accueil.

Il baissa la tête vers ses souliers, puis la releva et regarda sa femme.

— Peut-on la garder, maman? demanda Charles. S'il te plaît?

Il s'assit par terre à côté de Lucie, l'attira sur ses genoux et commença à caresser ses oreilles. Lucie regarda Mme Fortin avec ses immenses yeux bruns tristounets.

Bien joué, pensa Charles. *Qui pourrait résister à un tel regard?*

Mme Fortin poussa un soupir.

— Où est Biscuit? Nous devons nous assurer que ces deux-là s'entendront bien.

— Je l'ai mis dans le bureau quand papa et Charles sont arrivés avec Lucie, dit Rosalie. Je vais le laisser sortir.

Avant de se diriger vers la porte, elle lança un regard victorieux, mais discret, à Charles qui lui répondit par un sourire. Ils savaient tous deux que l'affaire était dans le sac à condition que Biscuit soit amical. Et Biscuit était toujours amical.

Rosalie revint un instant plus tard, Biscuit trottinant à ses côtés.

— Biscuit, regarde, un nouveau chiot! dit Rosalie.

Biscuit s'avança pour flairer la truffe de Lucie. Lucie se dégagea des bras de Charles.

Super! Un autre chien avec qui jouer.

Peu après, les deux chiots se pourchassaient autour de la table de la cuisine.

— D'accord, d'accord! dit Mme Fortin en levant les bras, mais sortez-les d'ici pour que je puisse préparer le souper.

Charles vit que sa mère s'efforçait de parler d'un ton sévère, mais elle souriait en regardant les chiots jouer.

— Emmenons-les dans la cour arrière, dit Rosalie. Je me demande si Lucie aime rapporter des objets.

Charles et Rosalie avaient toujours rêvé d'avoir un chien qui rapporte les balles, car Biscuit n'avait pas toujours envie de rapporter celles qu'ils lui lançaient.

Mais Lucie n'était pas du tout intéressée par la balle. Tout ce qu'elle voulait faire, c'était renifler. Elle fit le tour du jardin en flairant l'herbe, la barrière, les rosiers, les arbres.

— C'est son instinct de chien de meute, dit Rosalie à Charles en l'observant. Les chiens de meute ont un odorat très développé.

Biscuit courait autour de Lucie pour l'inciter à jouer, mais elle l'ignora jusqu'à ce qu'elle eut fini de renifler la cour tout entière. Enfin, elle se retourna et s'abaissa sur ses pattes avant, l'arrière-train en l'air, en prenant la pose « veux-tu-jouer? » Ses longues oreilles frôlèrent le sol.

Biscuit s'abaissa sur ses pattes avant lui aussi, en remuant la queue. Puis ils firent une course folle autour du jardin. Charles et Rosalie les regardèrent en riant et le Haricot applaudit.

— Allez les 'iots! cria-t-il en sautant sur place.

Quand les chiots furent fatigués, Rosalie rentra Biscuit dans la maison tandis que Charles calmait Lucie en la promenant dans la cour. Il voulait s'assurer qu'elle n'avait pas oublié de faire ses besoins dehors. On ne sait jamais avec un nouveau chiot. Il ne voulait surtout pas que Lucie fasse des saletés dans la maison la première nuit. Surtout que Mme Fortin avait accepté de la garder à contrecœur.

À l'intérieur, Biscuit voulait continuer à jouer. Dans le salon, il sortit ses jouets en peluche de son panier et les montra à Lucie en les tenant dans sa gueule et en les secouant.

Les chiots jouaient à la souque-à-la-corde avec Serpent quand Mme Fortin appela Charles, Rosalie et le Haricot à table pour le souper. C'était de la pizza maison, l'un des plats préférés de Charles. Il avala trois morceaux avec un peu de salade que son père l'obligea à prendre. Il ne pouvait pas manger une bouchée de plus.

Après le souper, Charles et Rosalie aidèrent à ranger. Puis ils retournèrent dans le salon pour voir ce que les chiots faisaient. Lucie était sur le tapis, le museau sur les pattes, épuisée par cette journée bien remplie. Elle leur jeta un coup d'œil quand ils entrèrent et l'expression de ses yeux bruns alla droit au cœur de Charles.

Biscuit se promenait dans la pièce en reniflant ici et là comme s'il avait perdu quelque chose.

— Que cherches-tu? demanda Charles. Où est M. Canard?

Généralement, quand Charles posait cette question, Biscuit se précipitait sur son jouet favori et le ramenait dans sa gueule. Mais ce soir-là, Charles, Rosalie, le Haricot et même M. et Mme Fortin eurent beau chercher, ils ne purent trouver M. Canard. L'oiseau s'était envolé.

CHAPITRE QUATRE

— ... Et nous ne l'avons toujours pas trouvé, conclut Charles le lendemain matin à l'école.

— Pauvre Biscuit, dit M. Lazure avec un sourire. M. Canard doit vraiment lui manquer.

M. Lazure savait bien écouter. Peu importe le sujet de la conversation durant le cercle, il avait toujours une question ou un commentaire appropriés.

— Je pense que oui, affirma Charles. Biscuit était un peu déprimé ce matin.

— Tu pourrais lui acheter un autre canard en peluche, suggéra Anna qui essayait toujours d'arranger les choses.

— Peut-être, acquiesça Charles, mais au fond de lui-même il savait que Biscuit aimait M. Canard comme il était, même si le ventre de la peluche n'était plus rembourré et que son bec était maintenant plus gris qu'orange.

Biscuit s'en moquait tant que M. Canard avait encore deux ailes battantes et une tête qui couine.

— Eh bien, reprit M. Lazure, quelqu'un a-t-il une autre histoire à partager avec la classe?

Charles leva de nouveau la main et commença à parler avant même que M. Lazure lui fasse signe.

— Je voudrais vous en dire plus sur Lucie, poursuivit-il. Elle est vraiment douce et elle a de si beaux yeux...

M. Lazure hocha la tête.

— Tu pourras continuer demain, Charles. Maintenant, je crois que Ben voudrait partager quelque chose avec la classe.

Il montra le tableau blanc sur lequel les élèves inscrivaient leur nom quand ils avaient quelque chose à dire. Charles n'avait pas remarqué les autres noms au tableau.

Il savait que c'était juste de donner la parole à Ben. Mais à son avis, ce qu'il voulait dire au sujet de Lucie aurait été beaucoup plus intéressant que la visite de Ben chez sa tante qui était dentiste.

Il baissa les épaules et contempla les étoiles jaunes du tapis sur lequel les élèves s'asseyaient en tailleur chaque matin pour le cercle. Il cessa d'écouter Ben et pensa à Lucie. Hier soir, la famille Fortin avait découvert que Lucie adorait chanter. M. Fortin avait mis un CD de musique après le souper et Lucie avait accompagné la chanteuse dès les premières notes! Elle était restée assise sur son arrière-train, avait levé son museau vers le plafond et avait poussé un long hurlement lugubre. Tout le monde s'était tordu de rire.

— Eh bien, on dirait que Lucie a un avenir tout tracé dans la chanson, avait décrété M. Fortin.

— C'est inné chez elle, avait ajouté Mme Fortin en haussant la voix.

Lucie avait hurlé de plus belle. Elle ne s'était arrêtée qu'à la fin de la chanson. Puis, quand une nouvelle chanson avait commencé, elle s'était remise à chanter. Quand le CD s'était arrêté, tous les membres de la famille avaient fait hurler Lucie avec eux en chantant leur chanson préférée à tour de rôle. Le duo le plus réussi avait été la prestation de « Dans la ferme de Mathurin » avec le Haricot. Lucie adorait la partie avec « Hi aïe hi aïe ho! », mais quand elle la chantait, ça sonnait plutôt comme « Hi aïe hi aïe Aouuuuuu! »

— Et toi, Charles?

Charles sursauta et regarda M. Lazure. Il était si absorbé par ses pensées au sujet de Lucie qu'il avait oublié où il se trouvait.

— Hein? Quoi?

M. Lazure sourit.

— As-tu entendu la question?

Charles secoua la tête, et M. Lazure répéta :

— Je demandais à toute la classe où vous en étiez avec votre composition, celle pour le concours.

— Quel concours? s'étonna Charles qui n'avait aucune idée de quoi il s'agissait.

— J'en ai parlé hier, dit patiemment M. Lazure. Notre école organise un concours d'écriture. Vous devez écrire un texte sur un animal, domestique ou non, que vous trouvez fascinant.

Charles ne se souvenait de rien. Il avait sans doute été trop occupé à penser à sa mauvaise journée et aux taquineries de Sammy.

— Ça semble intéressant, constata-t-il.

Charles aimait bien écrire et il était plutôt bon. D'ailleurs, il était meilleur en orthographe que sa grande sœur Rosalie. C'est pour cela qu'il avait été tellement agacé par son test raté.

— Il vous reste encore du temps, dit M. Lazure. Vous devez remettre les textes à la fin de la semaine.

Il se leva et brossa son pantalon de la main.

— Notre réunion du matin est finie, les enfants. Maintenant, dépêchons-nous, sinon nous serons en retard pour les Copains de lecture.

Charles se leva d'un bond lui aussi. Il aimait ce moment où toute la classe se rendait dans celle de Mme Savard retrouver les Copains de lecture de la maternelle. Chaque enfant dans la classe de Charles, était jumelé à un élève de maternelle avec lequel il passait une demi-heure à lire tranquillement des livres. Le Copain de lecture de Charles s'appelait Olivier, un petit garçon sérieux qui portait de grandes lunettes. Olivier adorait les chiens autant que Charles, mais sa famille ne voulait pas en avoir parce que, selon la mère d'Olivier, tout le monde était trop occupé. Olivier choisissait toujours des livres sur les chiens pour que Charles les lui lise.

Ce jour-là, Charles eut à peine le temps de saluer Olivier que ce dernier lui mit un livre entre les mains et ordonna :

— Celui-ci! Lis-moi celui-ci!

Parfois, Olivier était un peu autoritaire.

Charles soupira en regardant le livre, l'un des préférés d'Olivier : *Dix mille faits intéressants sur les chiens!* Il avait déjà lu ce livre de nombreuses fois et il commençait à s'en fatiguer. De plus, les minuscules caractères d'imprimerie lui donnaient mal à la tête.

— D'accord, dit Charles, mais d'abord aimerais-tu que je te parle du nouveau chiot que ma famille accueille en ce moment?

CHAPITRE CINQ

Quand Charles rentra de l'école ce jour-là, il se précipita au salon.

— Avez-vous trouvé M. Canard? demanda-t-il à Mme Fortin qui était assise sur le sofa, l'air fatigué.

— Non, répondit-elle. En fait, je ne peux même plus le chercher.

— Pourquoi? demanda Charles en s'affalant sur le sofa pour caresser Lucie et Biscuit.

Sa mère semblait avoir passé une mauvaise journée. Charles savait exactement ce qu'elle ressentait.

— Parce que je n'arrive pas à trouver mes lunettes, dit Mme Fortin en se frottant les yeux. Je suis sûre que je les portais en début de journée. Ensuite, j'ai dû les enlever et les poser quelque part, mais où?

Elle haussa les épaules et ajouta :

— Elles ont tout simplement disparu.

— Tu as tellement la tête dans les nuages dernièrement, plaisanta Charles en espérant faire sourire sa mère.

Elle esquissa un sourire timide. Charles se racla la gorge et saisit son sac à dos.

— Je crois que je vais sortir les chiens dans le jardin. Allez, Biscuit, viens! Tu viens Lucie? Qui veut sortir?

Charles lança une balle aux chiots pendant un moment, mais Lucie semblait préférer renifler ici et là. Quant à Biscuit, il essayait de convaincre Lucie de jouer à la lutte avec lui. Charles renonça et s'assit sur la terrasse pour regarder les chiens. Il pensait au concours d'écriture dont M. Lazure avait parlé le matin même. Qu'aimait-il tant chez les chiens? Qu'est-ce qui le fascinait tant chez Lucie et Biscuit? Il sortit un calepin de son sac à dos et se mit à écrire.

Les chiens

selon Charles Peterson

Les chiens sont formidables. Ils nous font toujours sourire. Quand on est triste, un chien nous réconforte toujours. Mon chien, Biscuit, par exemple, sait toujours comment me consoler en agitant la queue ou en me léchant la joue. Lucie, la petite chienne que ma famille héberge en ce moment, est amusante elle aussi. Elle est à moitié basset et ressemble à un chien-saucisse avec de grandes oreilles pendantes. Elle aime aussi chanter avec nous quand...

Charles rédigea trois pages complètes, mais il n'avait pas l'impression que le contenu de son article était digne d'un concours. Il avait besoin d'une idée unique, d'un sujet que personne d'autre n'avait abordé. Sa mère pourrait l'aider s'il le lui demandait.

Il se leva.

— Allez les chiens, lança-t-il. On rentre!

Lucie et Biscuit se précipitèrent dans l'escalier et le suivirent dans la maison. Mme Fortin était dans la cuisine. Elle ouvrait et refermait des tiroirs et se penchait pour regarder dans les placards du bas.

— Tu n'as toujours pas trouvé tes lunettes? demanda Charles.

Mme Fortin secoua la tête.

— Pas encore. Papa vient de rentrer et il m'aide à les chercher lui aussi. Où pourraient-elles donc être passées? C'est ridicule, ajouta-t-elle en posant les mains sur ses hanches.

— Je suppose que tu ne peux pas m'aider avec ma composition alors? conclut Charles.

— Non, pas maintenant, répondit Mme Fortin. Peut-être plus tard.

Charles hocha la tête. Il valait sans doute mieux rester à l'écart pour le moment.

— Biscuit, Lucie, retournons dehors!

Les deux chiots le suivirent. Charles se rassit sur la terrasse et travailla sur son texte tout en regardant Lucie et Biscuit se pourchasser.

Les chiens
selon Charles Peterson

À quoi les chiens pensent-ils? Ont-ils des émotions comme nous? Je crois que oui. Je sais toujours quand mon chien Biscuit est content. Il agite la queue et ses oreilles se redressent. Parfois, on croirait qu'il rit...

Non, ça n'allait pas. Et s'il disait...

Les chiens
selon Charles Peterson

Certains chiens ont beaucoup de surnoms. Par exemple, mon chien Biscuit devient Biscuititi ou Biscotti ou Biscuit Exquis ou Biscottin. Mon ami Sammy appelle son chien Rufus, le Grand Rufusini. L'amie de ma tante appelait son chien Capitaine Crochet, je ne sais pas pourquoi...

Charles leva les yeux et vit Lucie venir à sa rencontre, la truffe couverte de terre.

— Que faisais-tu? demanda-t-il. Tu as reniflé trop fort?

Il lui nettoya le museau. Lucie éternua et agita la queue.

Puis elle tendit l'oreille en se retournant vers la porte du jardin. Charles voyait bien qu'elle avait entendu un bruit. Puis il entendit quelque chose lui aussi. C'était le téléavertisseur de M. Fortin. Cela signifiait qu'il y avait un incendie quelque part et qu'il allait sauter dans sa camionnette pour aller jusqu'à la caserne.

Au lieu du moteur de la camionnette, Charles entendit la voix de son père qui demandait :

— Où sont mes clés? Je viens de les poser et elles ont disparu.

Charles se redressa. D'abord M. Canard. Puis les lunettes de sa mère. Et maintenant les clés de la camionnette de son père. Pourquoi tous ces objets disparaissaient-ils dernièrement? Charles regarda Lucie. Il pensa à la terre sur son museau. Il pensa au surnom Capitaine Crochet.

Charles bondit sur ses pieds et courut dans la maison. Il entendit sa mère suggérer à son père de prendre la fourgonnette à la place. M. Fortin saisit les clés et se rua dehors.

Charles tira la manche de sa mère.

— Maman, dit-il, je crois savoir ce qui est arrivé aux clés de papa. Et peut-être aussi à tes lunettes et à M. Canard!

CHAPITRE SIX

— Que veux-tu dire? demanda Mme Fortin. As-tu trouvé mes lunettes?

Charles secoua la tête.

— Non, mais je sais où chercher. J'ai une théorie. Je crois que Lucie a pris ces choses et les a enterrées dans la cour arrière.

Mme Fortin haussa les sourcils.

— Vraiment? s'étonna-t-elle.

— Je viens d'y penser, répondit Charles. Lucie avait de la terre sur le nez. Puis je me suis souvenu du Capitaine Crochet, et…

— Le Capitaine Crochet? répéta Mme Fortin? Quel est le rapport avec tout ça?

— Parce que c'est un pirate! s'écria Charles. Tu sais, les trésors enfouis...

Mme Fortin s'assit à la table de la cuisine, la tête dans les mains.

— Tout ce que je veux, c'est mes lunettes, dit-elle.

Charles s'assit à côté d'elle.

— Bon, je vais t'expliquer. Tu vois, Béa, l'amie de tante Amanda, avait un chien qui ressemblait beaucoup à Lucie. Et quand nous sommes allés chercher Lucie, Béa et tante Amanda ont commencé à en parler. Elles ont raconté qu'elles appelaient ce chien Capitaine Crochet. Quand j'ai vu la terre sur le museau de Lucie, j'ai compris qu'elle venait de creuser des trous et j'ai pensé : « Ah! Ah! Un trésor enfoui. Capitaine Crochet. » Le chien de Béa devait sans doute creuser des trous lui aussi. Tu comprends?

Mme Fortin se frotta les yeux.

— Plus ou moins, dit-elle. Je suppose que nous n'avons pas de taupes, alors?

Ce fut au tour de Charles de prendre un air perplexe.

— Tu te souviens qu'hier soir, au souper, j'ai mentionné à papa qu'il y avait plein de trous dans la cour arrière? expliqua Mme Fortin. Je croyais que c'était des taupes et je lui ai demandé ce que nous allions faire à ce sujet.

— Je n'y avais pas pensé, dit Charles, mais tu dois avoir raison.

Il entendit la camionnette qui s'arrêtait dans l'allée.

— Tiens, en parlant de papa. Il revient déjà.

En effet, M. Fortin était de retour.

— Fausse alarme, déclara-t-il. Pas d'incendie. Bon, maintenant, je dois essayer de trouver mes clés.

Charles tira sur la manche de son père.

— Hé, papa! Te souviens-tu pourquoi le surnom du chien de Béa était Capitaine Crochet?

— Hein? dit M. Fortin avec un air surpris.

Il réfléchit pendant quelques secondes et ajouta :

— Je suppose que c'était parce qu'il aimait voler des choses et les enterrer, tout comme un pirate. Ah! ce bon vieux Crochet!

— Ha! Ha! s'exclama Charles. Je le savais!

Il expliqua son raisonnement à son père.

— Qu'attendons-nous? demanda ce dernier quand Charles lui eut tout expliqué. Allons chercher des trésors enfouis!

— Mais d'abord, dit Mme Fortin, je crois que nous devrions laisser Lucie et Biscuit à l'intérieur. Qui sait ce que ce chien volera la prochaine fois?

Charles retourna sur la terrasse et appela Biscuit et Lucie.

— Ne t'inquiète pas, souffla-t-il pour rassurer Lucie.

Il lui fit un câlin et la ramena à l'intérieur.

— Personne n'est en colère. Tu ne peux pas t'empêcher de creuser, ajouta-t-il.

Lucie le regarda avec ses grands yeux bruns expressifs. Elle leva le museau en l'air et poussa un hurlement.

Je ne voulais rien faire de mal!

Charles rit et l'embrassa.

Il ne fallut pas beaucoup de temps pour trouver les clés de M. Fortin. Charles se dirigea tout droit vers le dernier endroit où il avait vu Lucie renifler. Il creusa dans un tas de terre meuble sous un rosier.

— Et voilà! cria-t-il quelques instants plus tard en brandissant les clés.

— Bien joué, Charles! approuva M. Fortin. Tu avais entièrement raison au sujet de Lucie.

— Maintenant, cherchons mes lunettes, rappela Mme Fortin.

Ils fouillèrent toute la cour arrière en retournant chaque tas de terre. Au bout d'un moment, Mme Fortin leva les mains en l'air en signe d'abandon.

— Je ne crois pas qu'elles soient ici, fit-elle remarquer.

La porte arrière claqua.

— Que faites-vous donc? demanda Rosalie qui les observait depuis la terrasse.

Elle se mit à rire quand Charles expliqua la situation.

— Je ne trouve pas cela très amusant, dit Mme Fortin en essuyant des traces de terre sur son nez. En fait, je commence à penser qu'il va falloir trouver très rapidement un foyer pour cette chapardeuse.

Rosalie prit part aux fouilles.

— Ce n'est pas la faute de Lucie, expliqua-t-elle en creusant près de la balançoire. Certains chiens aiment creuser, tout comme les labradors aiment ramener des choses et les colleys aiment rassembler des troupeaux. De plus, elle est sans doute angoissée d'avoir perdu sa maison et sa famille. Une fois bien installée, elle arrêtera sans doute de voler des choses.

— Peu importe si c'est sa faute ou non, répliqua Mme Fortin, cette chienne n'aura plus le droit de rester seule dans le jardin. Quand elle sortira, elle devra rester en laisse.

— D'accord, fit Charles.

— Hé! lança Rosalie. Regardez ce que j'ai trouvé!

Elle tenait à la main une paire de lunettes couvertes de terre.

Mme Fortin se hâta de reprendre ses lunettes.

— Dieu merci! s'exclama-t-elle en rentrant les laver.

— Et M. Canard? demanda Rosalie, les mains sur les hanches.

Le jouet de Biscuit ne réapparut qu'après le souper. C'est le Haricot qui le trouva, enfoui sous l'un des coussins du sofa.

— Cana'! s'écria-t-il en le sortant du sofa et en l'agitant dans les airs.

Biscuit arriva en bondissant, tout heureux de retrouver son jouet favori.

Juste avant l'heure du coucher, Charles mit Lucie en laisse.

— Allez, viens, dit-il. Allons nous promener.

Il ne faisait pas encore nuit, mais le soleil était couché et les ombres s'allongeaient. L'air sentait bon. Les lumières étaient allumées dans les maisons voisines et on pouvait entendre les commentaires d'un match de baseball à la télévision. Lucie marchait d'un pas joyeux en reniflant ici et là. La laisse extensible lui permettait de s'éloigner de Charles, mais quand il voulait qu'elle se rapproche, il n'avait qu'à appuyer sur l'enrouleur pour la ramener vers lui, comme un gros poisson au bout d'une canne à pêche.

À mi-chemin de sa promenade autour du pâté de maisons, Charles entrevit Georges, le chat noir et blanc des Galarneau, assis près de la porte de leur jardin.

— Hum, je me demande si tu t'entends bien avec les chats, dit-il à Lucie.

Il la laissa renifler le chat, prêt à la ramener vers lui si elle se mettait à le pourchasser ou à aboyer. Ils s'approchèrent de plus en plus. Georges ne s'enfuit pas. Lucie tira un peu plus fort sur la laisse et tendit son long museau pour renifler le chat en agitant la queue. Charles se dit que Georges et Lucie allaient peut-être devenir amis.

Puis Charles vit le chat leur tourner le dos et lever la queue.

Ce n'était pas Georges.

C'était une mouffette!

CHAPITRE SEPT

— Lucie, non! cria Charles en essayant de ramener la petite chienne vers lui.

Mais il était trop tard. La mouffette leva la queue encore plus haut. Soudain, l'air fut envahi par l'odeur la plus horrible que Charles ait jamais sentie.

— Aouuuu! hurla Lucie.

Elle résista et tournoya au bout de la laisse.

La mouffette s'enfuit en laissant son odeur immonde. Charles avait déjà senti l'odeur de mouffette, mais jamais aussi fort que ça. C'était pire qu'une mauvaise odeur. C'était un nuage terrible qui le fit tousser et pleurer.

Les hurlements de Lucie se transformèrent en gémissements plaintifs. Elle frotta son nez avec ses pattes. Elle frotta sa tête dans l'herbe et se retourna sur elle-même. Puis elle bondit et commença à hurler à la lune.

— Oh! Lucie! dit Charles. Pauvre petite.

Il se sentait si impuissant. Que pouvait-il faire pour l'aider? Il ne voulait pas s'approcher d'elle. Il savait qu'il avait eu de la chance de ne pas être arrosé lui aussi.

— Aouuu! hurla Lucie, encore et encore.

Elle se jeta de nouveau dans l'herbe pour essayer de se débarrasser de cette horrible odeur.

— Allez viens, pauvre Lucie, dit Charles. Rentrons à la maison, on trouvera une solution.

Il tira sur la laisse.

Lucie semblait perdue. Elle cessa de gémir et de se frotter le museau. Charles se demanda si le jet de la mouffette avait atteint ses yeux.

— Allez viens, répéta-t-il.

Le retour fut long et pénible. Charles devait tirer Lucie qui ne cessait de se frotter le museau dans l'herbe ou de s'asseoir sur son arrière-train pour hurler. Ils arrivèrent enfin à la porte, derrière la maison. Mme Fortin ouvrit.

— Que se passe-t-il...

Elle s'interrompit et fit un pas en arrière.

— Oh là là! Charles, ne fais pas entrer cette chienne dans la maison!

— Je n'allais pas la faire entrer, répondit Charles. Je voulais juste vous dire...

— Qu'arrive-t-il? demanda M. Fortin en passant la tête par la porte. Nom d'un chien! Est-ce qu'on a du jus de tomate dans la maison?

— Du jus de tomate? demanda Charles en tirant sur la laisse de Lucie qui hurlait et essayait de monter les marches de l'escalier. Non, Lucie.

— Pour la laver. Pour enlever cette odeur, dit M. Fortin.

Ce fut le tour de Rosalie de passer la tête par la porte.

— Pouah! s'exclama-t-elle en se pinçant le nez. J'ai tout compris!

Elle se tourna vers son père.

— Oublie le jus de tomate. Tante Amanda m'a parlé d'un mélange beaucoup plus efficace. C'est du peroxyde ou quelque chose comme ça.

— Téléphone-lui! dit M. Fortin. Tout de suite.

Il se retourna vers Charles.

— As-tu été arrosé par la mouffette? demanda-t-il.

Charles fit signe que non. Il ne pensait pas que le jet l'avait atteint, mais il devait sans doute sentir mauvais lui aussi.

— Bon, emmène Lucie dans la cour arrière. Surtout, ne la laisse pas entrer dans la maison, dit M. Fortin en se couvrant le nez de la main. Pouah! qu'est-ce que ça empeste!

— Pouah! Pouah! cria le Haricot en sautillant à côté de son père.

Biscuit passa la tête entre les jambes de M. Fortin, puis recula précipitamment.

Charles mena Lucie jusqu'à la cour arrière en la tirant.

— Tout va bien, répétait-il sans cesse. Tout va bien, Lucie. Nous allons nous occuper de toi. Mouffette stupide. Méchante mouffette. Ce n'est pas ta faute.

— Ce n'est pas la faute de la mouffette non plus, tu sais, dit Rosalie depuis la terrasse. Elle ne faisait que se défendre.

Elle enfila une paire de gants en caoutchouc.

— Tante Amanda m'a donné sa recette. Maman est en train de préparer le mélange. Pouah, qu'est-ce que ça pue! ajouta-t-elle en se pinçant le nez.

L'odeur était si répugnante que Charles ne pouvait plus rien sentir d'autre. Pauvre Lucie! Elle avait l'air misérable et ne cessait de gémir.

— Ouvre le tuyau d'arrosage, dit-il à Rosalie. Je vais commencer à la laver.

Pour enlever le plus gros de l'odeur, il fallut la laver trois fois avec du shampoing pour bébé et la rincer trois fois avec la recette spéciale de tante Amanda. M. Fortin, Charles et Rosalie sentaient plutôt mauvais eux aussi quand ils eurent fini et Lucie ressemblait à un rat mouillé.

— Mettons tous nos vêtements dans la machine à laver, dit M. Fortin. Je vais installer la barrière pour bébé afin que Lucie reste dans la cuisine ce soir. Si cette odeur de mouffette pénètre dans le tapis ou les meubles, nous ne nous en débarrasserons jamais.

Quand Charles alla enfin se coucher, il était tard.

— Eh bien, constata M. Fortin, quelle journée, n'est-ce pas? D'abord un trésor bien caché et ensuite une odeur pestilentielle.

Charles hocha la tête d'un air endormi.

— Tu sais ce que je ne comprends pas? s'étonna son père en lui caressant ses cheveux. Comment as-tu pu t'approcher de cette mouffette sans la voir?

— Je pensais que c'était un chat... Georges, le chat des Galarneau, répondit Charles.

M. Fortin le dévisagea.

— Vraiment? Hum, je crois que je vais appeler la docteure Sauvé demain à la première heure.

— C'est qui? demanda Charles d'une voix ensommeillée.

— La docteure Sauvé est optométriste, expliqua M. Fortin, c'est une spécialiste des yeux. Tu as peut-être besoin de lunettes.

CHAPITRE HUIT

Porter des lunettes? Charles n'était pas sûr d'aimer cette idée. Sa mère portait des lunettes et son père en mettait quand il essayait de lire de petits caractères. Certains enfants en avaient aussi. Le lendemain, Charles regarda autour de lui à l'école et remarqua pour la première fois que trois élèves portaient des lunettes dans sa classe. Celles d'Anick étaient roses, celles de Bianca étaient rondes avec une monture en acier argenté et celles de Tanya étaient brunes. Même M. Lazure en portait! Les siennes étaient super : elles avaient une monture invisible.

— Je pense que je sais de quoi Charles veut vous parler aujourd'hui, dit M. Lazure une fois que tout le monde fut assis en tailleur sur le tapis dans un coin de la classe.

Charles le dévisagea. Comment M. Lazure pouvait-il être au courant que son élève avait peut-être besoin de lunettes?

M. Lazure toucha son nez.

— Une certaine odeur me dit que tu as sans doute eu une petite aventure hier, ajouta-t-il en souriant. Aurais-tu rencontré un animal noir avec une rayure blanche sur le dos?

Charles se sentit rougir.

— Je sens si mauvais que ça? demanda-t-il.

Il renifla son tee-shirt. Sa mère avait lavé tous les vêtements qu'il portait hier et il avait pris un bain avant de se coucher. Comment pouvait-il sentir la mouffette? C'était vraiment gênant. Il risquait de se faire taquiner pendant des mois à venir.

Sammy lui donna un coup de coude dans les côtes.

— Je ne voulais rien dire, mais M. Lazure a raison, commença-t-il. Ce n'est pas si mal, juste une odeur vague. Je me souviens, quand j'étais petit, Rufus s'est fait arroser par une mouffette. Toute notre famille a senti pendant des mois. L'odeur semblait plus forte surtout quand il pleuvait, mais nous étions si habitués que nous ne nous en rendions même plus compte.

— Mon chien s'est fait arroser une fois, lui aussi, dit Mattéo. Il est rentré et s'est roulé sur le tapis avant qu'on puisse l'en empêcher. Pouah!

— En fait, j'aime un peu cette odeur, fit remarquer Ben.

Il se pencha vers Charles et prit une grande inspiration.

— Aaaaaah! s'exclama-t-il en souriant.

Toute la classe éclata de rire. Même Charles. Il raconta comment Lucie avait été arrosée par une mouffette et comment il avait fallu la laver à maintes reprises dans la cour arrière avec le mélange spécial de tante Amanda.

— Et tout ça est arrivé parce que j'ai pris la mouffette pour Georges, le chat de notre voisin, conclut Charles. Maintenant, mon père pense que j'ai besoin de lunettes.

M. Lazure hocha la tête.

— Hum, ça expliquerait bien des choses, dit-il. J'ai remarqué que tu plisses les yeux pour regarder le tableau. Et ce test d'orthographe, l'autre jour...

— C'est vrai! s'écria Charles.

Il lui vint tout à coup à l'esprit que c'était peut-être la raison pour laquelle il avait fait tellement de fautes. Il se sentit beaucoup mieux.

— En tout cas, mon père va prendre rendez-vous avec l'optométriste, conclut Charles. Elle va me faire passer un examen de la vue et on saura alors ce qu'il en est.

— Très bien, approuva M. Lazure. En attendant, rapproche un peu ton bureau du tableau afin de mieux voir.

À la grande surprise de Charles, être à l'avant de la classe fit une grande différence. Il devait encore plisser les yeux pour lire les mots que M. Lazure écrivait au tableau, mais au moins il ne ferait plus de fautes ridicules maintenant.

Après le dîner, un élève de cinquième année entra dans la classe de Charles avec un message du secrétariat.

M. Lazure appela Charles et lui fit signe de venir à son bureau. Il lui tendit la note sur laquelle était écrit : *L'optométriste a eu une annulation aujourd'hui. Je vais passer te chercher dans une demi-heure. Papa.*

Charles allait donc rencontrer l'optométriste plus tôt que prévu. Au cours de la demi-heure qui suivit, il eut du mal à se concentrer sur son travail à propos des lémurs.

Il retrouva son père devant l'école.

— Que fait Lucie dans la camionnette? demanda Charles.

— Tu ne me dis même pas bonjour? répliqua son père en souriant. Je l'ai amenée parce qu'il n'y a personne à la maison et je ne voulais pas risquer de perdre la télécommande ou mon chéquier. De plus, j'ai pensé que je pourrais l'emmener se promener pendant ton rendez-vous.

Lucie ne pouvait plus faire de trous dans le jardin depuis qu'on ne la laissait plus sortir seule, mais elle volait encore des choses et les cachait, généralement sous les coussins du sofa. Le matin même, Rosalie avait trouvé son manuel de maths entre deux coussins. Puis, après le déjeuner, Mme Fortin avait remarqué une bosse bizarre sous le tapis et en avait sorti l'une de ses sandales que Lucie y avait « enfouie ».

— Tu sens mauvais, Lucie, dit Charles en montant dans la camionnette.

Lucie le regarda et secoua la tête. Ses oreilles volèrent dans tous les sens. Puis elle se pencha pour le lécher.

Je suis contente de te voir. Où allons-nous?

Charles fit un câlin à la petite chienne malgré l'odeur de mouffette qu'elle dégageait. Comment aurait-il pu résister à de tels yeux?

— Je suppose que nous sentons tous mauvais, dit M. Fortin. Je me suis fait pas mal taquiner à la caserne.

Il vérifia que Charles avait bouclé sa ceinture, puis démarra.

— Bon, tu sais que tu n'as pas besoin de t'inquiéter au sujet de l'optométriste, fit-il remarquer. Elle ne te fera pas mal.

Charles hocha la tête.

— Je me souviens vaguement d'une visite quand j'étais petit, répondit-il. Je dois lire un tableau avec des lettres, non?

— Ça et tout un tas d'autres choses sans doute, dit M. Fortin. Elle mettra peut-être des gouttes dans tes yeux. Mais l'essentiel, c'est que nous saurons si tu as besoin de lunettes.

Maintenant, Charles était pratiquement sûr qu'il en avait besoin. Dès que son père avait mentionné cette possibilité, tout s'était expliqué : pourquoi il ne trouvait jamais rien, pourquoi il avait du mal à voir le tableau, pourquoi il plissait les yeux et se les frottait constamment et même pourquoi il avait manqué le signal de David durant la partie de kickball. Il n'était pas sûr de vouloir porter des lunettes tout le temps, mais si cela pouvait résoudre tous ces problèmes, ça en valait sans doute la peine.

Charles trouva la salle d'attente de l'optométriste très agréable. Il y avait un aquarium rempli de poissons et beaucoup de magazines intéressants sur le vélo et l'escalade. Pierre, l'assistant de la docteure Sauvé, était sympathique. En fait, Charles attendit très peu. Une petite femme rondelette vêtue d'une blouse blanche vint bientôt le chercher.

— Bonjour Charles, lui dit-elle.

Elle lui serra la main et sourit.

— Je suis Docteure Sauvé. J'ai l'impression de te connaître parce que j'ai tellement entendu parler de toi.

— Ah bon! répliqua Charles. Qui vous a parlé de moi?

— Olivier, ton copain de lecture, expliqua-t-elle en le menant dans le corridor. C'est mon fils.

CHAPITRE NEUF

— Olivier est votre fils? demanda Charles alors que l'optométriste le faisait entrer dans une salle d'examen. Je croyais que son nom de famille était Yee.

— C'est vrai, dit la docteure Sauvé en lui montrant une chaise semblable à celle du dentiste.

Charles grimpa dessus.

— Yee est le nom de mon mari, poursuivit la docteure. En fait, tu verras peut-être Olivier avant de partir. Il prend généralement l'autobus pour venir ici après l'école.

Elle renifla et ajouta :

— Hum, quelqu'un se serait-il un peu trop approché d'une mouffette?

Charles baissa la tête.

— Désolé, dit-il. Je sais que je sens mauvais. C'est arrivé quand je promenais Lucie, la petite chienne que ma famille héberge.

— Oh! j'ai beaucoup entendu parler de Lucie! s'exclama la docteure en souriant. Olivier adore tes histoires à son sujet. Tous les soirs, il nous les raconte au souper. Apparemment, Lucie est une très bonne chanteuse. J'aimerais bien l'adopter, mais entre mon horaire de travail chargé et mon mari qui voyage constamment, c'est impossible.

Elle fit rouler son tabouret pour se rapprocher de Charles.

— Voyons un peu ces yeux. Ton père m'a expliqué que ta vision semble moins bonne depuis quelque temps.

Charles hocha la tête.

— J'ai pris la mouffette pour le chat noir et blanc de notre voisin, admit-il.

La docteure éclata de rire.

— J'imagine qu'il est facile de se méprendre. Bon, commençons, d'accord?

Elle montra un tableau sur le mur à l'autre bout de la pièce.

— Peux-tu lire la ligne du haut?

C'était facile. La ligne du haut était juste un immense E. Mais Charles eut du mal à lire les lettres en dessous du E qui étaient de plus en plus petites. Arrivé à la quatrième ligne, il nomma des lettres un peu au hasard :

— Un G? Et un S ou un F peut-être? À moins que ce ne soit un P.

Charles était un peu nerveux, comme durant un test particulièrement difficile. Mais la docteure le rassura d'un sourire. Elle ne sembla pas surprise quand il avoua qu'il ne pouvait pas du tout lire la cinquième ligne.

Puis elle lui fit lire de nouveau le tableau en cachant d'abord son œil gauche, puis son œil droit avec une espèce de disque en plastique noir.

— Nous devons vérifier si un œil voit mieux que l'autre, expliqua-t-elle.

68

Ensuite Charles dut lire des mots écrits sur une carte posée sur ses genoux. Puis la docteure lui demanda de regarder une autre carte couverte de points de couleur :

— Vois-tu des numéros parmi les points?

Quand Charles répondit qu'il voyait un grand six, elle hocha la tête.

— Très bien; ça veut dire que tu n'es pas daltonien.

Ouf! Charles était soulagé d'avoir au moins réussi ce test-là.

— Que veut dire « daltonien »? demanda-t-il.

— Certaines personnes perçoivent les couleurs différemment, expliqua-t-elle en poussant une table devant Charles. Pour elles, le rouge et le vert sont comme du gris, par exemple. Les chiens voient les couleurs différemment aussi. Le savais-tu?

Elle toucha la machine située sur la table.

— Bon, pose ton menton ici et regarde à travers ces lentilles. Je vais faire d'autres tests.

Le rendez-vous dura longtemps. Charles dut regarder au travers de nombreuses lentilles et indiquer celles qui facilitaient la lecture du tableau. La docteure lui mit des gouttes dans les yeux. Cela piquait un peu, mais il le remarqua à peine, car elle lui raconta une histoire drôle : « Que dit le zéro au huit? Eh, chouette ceinture! »

Puis elle dirigea une lumière vive dans ses yeux et les regarda avec une machine spéciale. Elle lui dit que ses yeux étaient « en parfaite santé » tandis qu'il se rasseyait en clignant des paupières.

— Les gouttes que je viens de mettre rendront tes yeux plus sensibles à la lumière, fit-elle remarquer. Nous allons te donner des lunettes de soleil que tu porteras pour rentrer chez toi. Tu ne pourras pas lire ni voir clairement pendant quelques heures.

— Ce n'est pas grave, affirma Charles. Je pourrai jouer avec Lucie et Biscuit.

La docteure sourit et dit :

— J'ai l'impression que tu aimes autant les chiens qu'Olivier.

Puis elle gribouilla quelque chose sur un morceau de papier qu'elle lui tendit.

— Voici une ordonnance pour des lunettes. Tu es myope, c'est-à-dire que tu as du mal à voir les choses éloignées. Pierre t'aidera à choisir des lunettes qui te plaisent. Elles seront prêtes dans quelques jours. Je pense que tu seras content d'avoir une vision plus claire.

Charles regarda l'ordonnance. Et voilà! Il allait porter des lunettes comme son père, Olivier et M. Lazure. Il se tortilla sur sa chaise. Il avait vu beaucoup de lunettes dans la salle d'attente. Maintenant, il avait hâte de les essayer et d'en choisir une paire à son goût.

La docteure le raccompagna jusqu'à la salle d'attente.

— Maman!

Olivier venait de bondir de l'aire de jeu et accourait vers sa mère.

— Salut Charles, ajouta-t-il en saisissant la main de la docteure Sauvé. Maman, regarde qui est là!

Charles se frotta les yeux. Avait-il des hallucinations? Lucie était assise dans un coin. Elle agita la queue en voyant Charles.

J'aime cet endroit. Tout le monde est si gentil.

— Ça alors! s'exclama la docteure en se penchant pour flatter Lucie.

— J'espère que ça ne vous dérange pas, dit M. Fortin. Pierre m'a assuré qu'elle pouvait entrer parce qu'il fait trop chaud pour la laisser dans l'auto.

— Pierre a entièrement raison, répondit l'optométriste en caressant les oreilles de Lucie. Bonjour, petite chienne qui sent la mouffette. Tu es vraiment adorable.

Oui, je suis adorable. Et ce n'est pas ma faute si je sens mauvais.

Olivier rejoignit sa mère accroupie près de Lucie.

— Elle est formidable. Touche ses oreilles. Elles sont si douces! dit-il.

M. Fortin se tourna vers Charles.

— Et alors, comment ça s'est passé? demanda-t-il.

Charles brandit son ordonnance.

— Tu avais raison. J'ai besoin de lunettes. Je vais les choisir tout de suite.

Choisir des lunettes était très amusant, mais Charles avait autre chose en tête. Il regarda à tour de rôle son père, la docteure et Lucie, puis Olivier. Finalement il regarda son père de nouveau et haussa les sourcils pour signifier « Penses-tu à la même chose que moi? » M. Fortin lui sourit et hocha la tête.

Mais avant qu'ils aient eu la chance de parler, la clochette de la porte retentit et une femme entra. L'optométriste se releva vivement.

— C'est ma prochaine patiente.

Elle sourit à Charles et lui dit :

— Amuse-toi bien à choisir tes lunettes!

Elle fit un câlin à Olivier et lui promit :

— On va rentrer à la maison dès que j'aurai fini avec Mme Meunier.

Olivier joua avec Lucie pendant que Pierre et M. Fortin aidaient Charles à trouver des lunettes à son goût. Il choisit des lunettes rondes avec une monture métallique rouge.

— Je vais les envoyer au laboratoire avec ton ordonnance et je t'appellerai dès qu'elles seront prêtes, expliqua Pierre.

Olivier était triste de quitter Lucie. Il la serra longuement dans ses bras et lui murmura des choses à l'oreille. Charles se dit que ces deux-là avaient l'air très heureux ensemble. Sur le chemin du retour, son père et lui discutèrent : ce serait parfait s'ils pouvaient convaincre la famille d'Olivier d'adopter Lucie.

Mais quand ils arrivèrent à la maison, ils trouvèrent tante Amanda dans la cuisine avec Mme Fortin.

— Tu ne devineras jamais! s'écria Mme Fortin. Béa, l'amie de tante Amanda, veut reprendre Lucie. Quelques chiens vont être adoptés cette semaine, alors elle aura de la place. Ce sont de bonnes nouvelles, n'est-ce pas?

CHAPITRE DIX

Une semaine plus tard, Charles était assis sur la scène de l'auditorium de son école et regardait les spectateurs. Le concert de printemps venait de prendre fin. La fanfare avait joué, la chorale avait chanté et l'orchestre avait interprété trois interminables morceaux grinçants. Le moment était venu de remettre le prix de la meilleure composition et Charles était sur la scène avec les finalistes.

Il sourit, repéra ses parents dans le public et agita la main. Rosalie était assise à côté d'eux et tenait sur ses genoux le Haricot qui gigotait. Tante Amanda et son amie Béa étaient là elles aussi. Charles remonta ses lunettes toutes neuves sur son nez et leur fit signe de nouveau. Il était surpris de voir aussi clairement

leurs visages et les petits détails de leurs vêtements.
Mme Fortin arborait ses belles boucles d'oreilles en
perles et Rosalie portait un tee-shirt avec un chien
sur lequel il était écrit « La vie est belle ». Tante
Amanda, quant à elle, avait mis du rouge à lèvres.

Même Lucie était présente, pas parmi les
spectateurs bien entendu, mais dans la fourgonnette
sur le terrain de stationnement (comme la soirée était
fraîche, elle pouvait rester dans le véhicule sans
danger). Après la cérémonie, elle retournerait chez
Béa. Charles s'ennuierait beaucoup d'elle, mais il
savait que c'était la meilleure solution. Après tout,
l'objectif des Fortin était de trouver un bon foyer aux
chiots. Béa semblait être une personne vraiment
gentille et elle était experte en soins pour les chiens.
Charles espérait seulement qu'elle aimerait Lucie
autant qu'Olivier l'aurait aimée.

Charles salua discrètement sa famille encore une
fois. Puis il observa les autres personnes assises sur
la scène. À côté de lui se trouvait la gagnante du
premier prix, une élève de troisième année nommée

Madeleine qui avait écrit une histoire au sujet d'un lionceau. Charles ne connaissait pas le nom de l'élève de cinquième année qui avait remporté le deuxième prix grâce à son texte au sujet d'un organisme de bénévoles qui aidaient à sauver les tortues marines. La lauréate du troisième prix s'appelait Alexandra. Elle était en troisième année elle aussi et se rongeait les ongles en écarquillant les yeux à la vue du public. Charles n'avait pas lu sa composition.

Il n'avait remporté ni le premier prix, ni le deuxième, ni le troisième. Un prix spécial lui avait été décerné, rien que pour lui et Olivier; c'était un prix d'écriture en équipe.

La façon dont cela s'était passé était plutôt étrange. Charles avait essayé à maintes reprises d'écrire une belle histoire au sujet des chiens, mais il ne jugeait jamais le résultat assez bon pour le remettre à M. Lazure. Puis, un jour où il lisait avec Olivier, tous deux s'étaient mis à parler de Lucie et avaient fini par composer un poème ensemble. Charles l'avait montré à M. Lazure et vous connaissez la suite de l'histoire.

Charles rajusta ses lunettes et adressa un sourire à Olivier qui venait d'entrer en scène en trottinant.

— Tu arrives au bon moment, murmura Charles. Ils sont sur le point de commencer. Comment ça va, toi?

Il se disait qu'Olivier devait avoir le trac d'être sur scène. Il n'était qu'à la maternelle après tout.

Olivier remonta ses propres lunettes et lui rendit son sourire.

— Je vais très bien, répondit-il.

Il n'avait pas l'air nerveux du tout. Il fit un petit bond pour saluer quelqu'un. Charles reconnut la docteure Sauvé avec un homme qui devait être le père d'Olivier, assis juste derrière Béa et tante Amanda.

— Coucou papa! cria Olivier.

Quelques spectateurs gloussèrent, mais Charles comprit qu'ils trouvaient cela mignon.

Olivier se rassit et adressa un grand sourire à Charles.

— Tu ne devineras jamais, lui dit-il en sautillant sur son siège. En route, dans l'auto, maman m'a dit que nous pouvons adopter un chien. Je l'ai suppliée toute la semaine et elle a enfin accepté! Nous pouvons adopter Lucie!

La gorge de Charles se serra.

— C'est formidable, non? continua Olivier en sautillant de plus belle. Maman a pensé que Lucie pourrait rester avec elle à son travail, afin de ne pas être seule à la maison toute la journée. Pierre la surveillerait pour qu'elle ne vole et n'enterre rien.

Olivier avait l'air si heureux. Charles ne savait pas quoi répondre. Il avait expliqué à tante Amanda qu'il pensait que la famille d'Olivier était parfaite pour Lucie. Sa tante avait promis de le mentionner à Béa. Mais Charles n'en avait plus entendu parler par la suite. Alors il n'avait pas dit à Olivier que Béa avait décidé de reprendre Lucie.

Charles savait que c'était à Béa de décider du sort de Lucie. Mais Olivier voulait un chien depuis si longtemps! Il aimerait tellement Lucie, et sa famille serait un foyer parfait pour elle. Charles sentit son estomac se nouer. Il se contenta de hocher la tête et de dire :

— C'est super, mais...

Juste à ce moment-là, M. Martineau se leva pour souhaiter la bienvenue à tout le monde et expliquer le concours. M. Martineau était un enseignant de cinquième année et il était sans doute le plus populaire de toute l'école. Chaque année, ses élèves faisaient des projets d'écriture vraiment formidables. Ils pouvaient passer tout un semestre à écrire des poèmes et des histoires sur les pingouins ou les boîtes aux lettres ou les enjoliveurs. Personne ne rendait l'écriture aussi passionnante que M. Martineau; du moins, c'est ce que Charles avait entendu dire. Il espérait avoir M. Martineau comme enseignant quand il serait en cinquième année.

M. Martineau présenta Madeleine, la première lectrice. Charles serra plus fort sa feuille de papier, sachant que son tour et celui d'Olivier viendraient bientôt. Il entendit à peine la lecture de Madeleine et celles des autres gagnants. Mais quand les applaudissements cessèrent, M. Martineau se tourna vers lui et prononça son nom :

— Charles Fortin et Olivier Yee ont remporté un prix spécial, créé par les juges cette année. Ces copains de lecture ont rédigé un poème ensemble, et ont ainsi lancé, nous espérons, une nouvelle tradition et une nouvelle catégorie pour notre concours annuel d'écriture.

— Viens, chuchota Olivier en tirant sur la main de Charles. C'est à nous.

Charles se leva et avança jusqu'au pupitre avec Olivier. Il s'éclaircit la gorge et essaya de ne pas regarder le public.

— Hum, dit-il en fixant sa feuille de papier.

Il avait la gorge serrée et son estomac était noué. Il ne pouvait penser qu'à la déception d'Olivier quand il découvrirait que Lucie avait déjà un foyer chez Béa.

Olivier bondit sur ses pieds.

— Notre poème parle de Lucie, une petite chienne que Charles et sa famille accueillent, dit-il d'une voix forte et claire. Et vous ne devinerez jamais... Ma famille va l'adopter et devenir son nouveau foyer. J'ai tellement hâte!

Puis il lut la première phrase : « Lucie est une jeune chienne formidable. » Il leva les yeux vers Charles qui continua automatiquement à lire le poème, comme lorsqu' ils avaient répété : « Elle adore hurler et creuser. » Charles s'imagina Lucie, la tête levée vers le ciel et hurlant à la lune.

Ils lurent le reste du poème à tour de rôle jusqu'à la dernière phrase qu'ils prononcèrent ensemble : « Oui, Lucie est une jeune chienne formidable, comme vous pouvez le constater par vous-mêmes. »

Le public rit et applaudit.

Charles entendit tante Amanda siffler et son père crier : « Bravo, Charles! » Puis les deux garçons descendirent de scène avec les autres gagnants.

M. et Mme Fortin les attendaient dehors, à l'arrière, avec tante Amanda, Béa et le Haricot. Rosalie avait déjà sorti Lucie de la fourgonnette et Olivier alla tout de suite lui dire bonjour. Mme Fortin fit un gros câlin à Charles et lui murmura à l'oreille :

— Tu étais merveilleux. Je suis très fière de toi.

Tante Amanda lui ébouriffa les cheveux.

— Bon travail, dit-elle.

— Mais... tu as entendu Olivier, murmura Charles en la tirant à l'écart. Sa famille veut adopter Lucie et je pense qu'elle est parfaite pour eux. Mais Béa...

Avant que tante Amanda ait eu le temps de répondre, les parents d'Olivier arrivèrent.

— C'était un excellent poème, dit la docteure à Charles. Et si tu me permets, tu as l'air très chic et intelligent avec tes nouvelles lunettes.

Elle sourit et lui adressa un clin d'œil.

Le père d'Olivier tendit la main à Charles.

— Je suis Stéphane Yee. Beau poème.

Charles baissa la tête.

— Merci, répondit-il.

— Que penses-tu de la grande nouvelle d'Olivier? demanda la docteure.

— Je pense que ce serait super si vous adoptiez Lucie, mais il y a un problème, dit Charles, très malheureux.

Il jeta un regard vers Béa et la docteure fit de même.

— Oh... tu veux dire le fait que Béa voulait la reprendre? s'exclama-t-elle. Nous en avons parlé avant la cérémonie. Ton père nous a présentés. Eh bien, Béa est absolument ravie que Lucie ait trouvé un nouveau foyer.

— Mais...

Le père d'Olivier expliqua le reste.

— Béa n'aurait pas pu la garder. Elle voulait juste l'héberger un peu plus longtemps.

Béa se joignit à la conversation et poursuivit :

— Mais ta tante m'a convaincue que ce serait égoïste de ma part, alors que ces gens lui offrent un merveilleux foyer. De toute façon, je ne peux pas garder tous les chiens dont je tombe amoureuse. Je n'aurais plus de place pour les autres chiens trouvés. Tu vois ce que je veux dire, n'est-ce pas?

Elle sourit à Charles, puis elle regarda Olivier qui caressait Lucie.

— Tu sais, je n'étais pas vraiment prête à la donner, mais quand j'ai entendu Olivier déclarer que sa famille la voulait vraiment… et quand vous avez récité ce poème si merveilleux et amusant…

Très émue, elle essuya une larme.

La docteure entoura les épaules de Béa de ses bras.

— Nous avons dit à Béa qu'elle pourra venir nous rendre visite quand elle voudra et elle a proposé de garder Lucie quand nous nous absenterons. Tout est réglé, n'est-ce pas?

Elle regarda son mari et lui saisit la main.

Stéphane Yee hocha la tête.

— Tout est réglé. Lucie fera partie de notre famille maintenant.

— Vraiment? demanda Charles.

— Vraiment, répondit la docteure.

Ils se retournèrent vers Olivier et Lucie. Le garçonnet était assis au bord du trottoir et entourait de ses bras la petite chienne aux grandes oreilles. Lucie agitait la queue tout en léchant les joues d'Olivier dont le visage rayonnait de joie. Le nœud dans l'estomac de Charles se dénoua. Avec ou sans lunettes, n'importe qui pouvait voir que Lucie avait trouvé le foyer idéal.

EN SAVOIR PLUS
SUR LES CHIOTS

Les chiens peuvent avoir beaucoup d'ennuis quand ils s'approchent trop des mouffettes. Il est bon d'être prêt à toute éventualité en ayant une recette sous la main comme celle de tante Amanda. Tes parents peuvent t'aider à en trouver une sur Internet en entrant, par exemple, « comment se débarrasser de l'odeur de mouffette ». Mon chien Junior s'est fait arroser un soir alors que nous nous promenions. Oh là là! Ça sentait mauvais! Pendant des mois, chaque fois qu'il pleuvait et que Junior était mouillé, l'odeur revenait.

Un autre animal que croisent parfois les chiens est le porc-épic. Quand ton chien a le museau plein de piquants, ce n'est pas amusant! Dans ce cas-là, il vaut mieux l'emmener chez le vétérinaire pour les faire enlever.

Chères lectrices, chers lecteurs,

J'ai eu ma première paire de lunettes quand j'étais un peu plus âgée que Charles, en troisième année. Je me souviens qu'un jour, j'ai vu une belle oie blanche couchée au bout de l'allée de nos voisins, les Dodson. Mais quand je me suis approchée, j'ai réalisé que c'était seulement une grosse pierre blanche. J'ai alors compris que j'avais besoin de lunettes! Je porte des lunettes depuis ce jour-là et je suis très reconnaissante parce qu'elles m'aident à voir la beauté du monde, le visage des gens que j'aime et les mots sur une page.

Caninement vôtre,

Ellen Miles

P.-S. Si tu as envie de lire l'histoire d'un chiot qui aime s'évader, lis ZIGZAG.

MISSION : ADOPTION

ZIGZAG

ELLEN MILES

Éditions SCHOLASTIC

À PROPOS DE L'AUTEURE

Ellen Miles aime écrire sur les personnalités des différentes races de chiens. Elle est l'auteure de nombreux livres pour les Éditions Scholastic.

Ellen adore pratiquer des activités de plein air tous les jours. Selon les saisons, elle fait de la randonnée, de la bicyclette, du ski ou de la natation. Elle aime aussi lire, cuisiner, explorer sa belle région et passer du temps avec sa famille et ses amis. Elle habite le Vermont, aux États-Unis.

Si tu aimes les animaux, tu adoreras toutes les merveilleuses histoires de la collection *Mission : Adoption*.